THÈQUE POPULAIRE.

INSTRUCTION PASTORALE

ET

MANDEMENT

DE Mgr L'ARCHEVÊQUE DE BORDEAUX

A l'occasion du Carême de 1850

sur

le Chant de l'Église.

E

MAISON DES ORPHELINS,

Allées des Noyers, 26.

—

BORDEAUX.

1850.

MANDEMENT

DE Mgr L'ARCHEVÊQUE DE BORDEAUX

POUR

LE CARÊME DE 1850,

FERDINAND-FRANÇOIS-AUGUSTE DONNET, par la grâce de Dieu et l'autorité du Saint-Siége Apostolique, ARCHEVÊQUE DE BORDEAUX, PRIMAT D'AQUITAINE,

Au Clergé et aux Fidèles de notre Diocèse,

Salut et Bénédiction en Notre-Seigneur Jésus-Christ.

En poursuivant le cours de nos Instructions pastorales, nous continuerons, Nos TRÈS-CHERS FRÈRES, à traiter successivement les points de morale et de discipline qui nous paraîtront les plus utiles et les plus capables de vous intéresser. Nous voulons aujourd'hui vous parler du chant des louanges de Dieu dans les offices de l'Église.

Nous allons chercher à rendre au peuple catholique sa grande voix, à ranimer son élan, à lui donner une pieuse énergie, à replacer sur ses lèvres les chants de triomphe ou de reconnaissance qui embellissaient jadis ses fêtes, qui allégeaient toutes ses douleurs. Nous voulons conjurer nos bien-aimés diocésains, quels que soient leur âge, leur condition, à s'associer, comme dans les siècles de foi, aux cérémonies de l'Église, avec une sainte hardiesse; car le Seigneur, aujourd'hui comme alors, veut être avoué solennellement; et le chant des fidèles réunis est une profession de foi autant qu'une prière.

Nous n'insisterons pas, N. T.-C. F., sur l'importance du sujet de cette Instruction quadragésimale. Nous allons faire, au milieu de vous, ce qu'ont fait avant nous les Hilaire, les Augustin, les Paulin, les Grégoire, les Léon, les Fulbert, les Maurice de Sully, les Bernard, les Thomas d'Aquin, les Gerson, les Benoît XIV (1). Ces

(1) Cantus vocibus unisonis peragatur, et chorus à peritis in cantu ecclesiastico, qui cantus *planus* seu firmus dicitur, rogatur..... Cantus ille est quem ad musicæ artis regulas dirigendum multum laboravit Sanctus Gregorius Magnus..... Canus ille est qui fidelium animos ad devotionem ex
Bened. XIV, Encycl. anno 1749.

grands pontifes, ces illustres docteurs ne croyaient pas s'abaisser en enseignant euxmêmes la psalmodie, l'accentuation, le rhythme, les différents chants consacrés au culte divin; rien ne leur paraissait minutieux de tout ce qui tient à nos vénérables prescriptions liturgiques.

La question du chant religieux est d'ailleurs une de celles qui préoccupent non seulement les hommes de science, mais encore tous ceux qui, par dévouement à la religion, tiennent à lui rendre l'ancienne splendeur que lui avaient créée la foi des peuples et l'active intelligence de ses pasteurs. Il faut nier l'utilité du culte pour le salut des âmes, ou restituer à ce culte toute la dignité, toute la majesté dont il est susceptible. Les yeux des générations nouvelles se sont enfin ouverts sur l'inimitable beauté, sur la magnificence de nos vieilles basiliques; il est temps que nos voix veuillent reprendre les chants aussi purs, aussi majestueux, j'allais dire aussi grandioses que les monuments de piété et de foi dont ils semblaient ébranler les voûtes, aux jours de nos solennités catholiques.

Le chant est aussi ancien que la parole; on peut le définir l'exaltation du langage humain exprimant un certain ordre d'idées et de sensations que, réduite à ses propres ressources, c'est-à-dire humble et prosaïque, la parole ne saurait rendre convenablement. Le premier chant qui retentit dans le monde dut être un cantique de reconnaissance et d'amour, une réminiscence, une imitation du ciel, dont les habitants échangent entre eux d'éternelles mélodies; ce qui a fait dire à de graves auteurs que le chant n'est pas d'invention humaine; qu'il a été créé pour adoucir les mœurs, civiliser les nations, leur apprendre à célébrer, dans un concert universel, la gloire du Maître souverain. Aussi la prière commune, qui réunit dans un même accord les voix et les cœurs d'un peuple entier, s'est-elle convertie dans tous les temps en inspirations harmonieuses et sublimes.

Les Hébreux chantaient sur les bords de la Mer Rouge et dans le désert, et la tradition rappelle que J.-C. et les Apôtres louaient le Seigneur dans les hymnes et les psaumes (1). Encore aujourd'hui, s'il est un lieu où la mélodie sache s'inspirer de grandes choses, n'est-ce pas l'enceinte de nos temples, dans laquelle sont fidèlement conservées les vérités qui viennent du ciel?

Notre *Credo* seul est une admirable épopée où l'Église nous raconte les secrets infinis de Dieu et de son éternité, les tristes

_____

(1) De hymnis et psalmis canendis, ipsius Domini et apostolorum habemus documenta, exempla et præcepta. *S. Augustin, Ep. CXIX*, 18.

détails de notre misère, les actes de sa puissance et de son amour. Quels accents de foi, quelles expressions de douleur, quels élans d'espérance dans chacune des paroles du prophète royal! Quelle philosophie, quelle résignation dans le livre de Job! Quel chant de victoire et de triomphe dans le cantique de Moïse! Il n'est pas douteux que la musique accompagnât tous ces textes lyriques. Élisée, pour prophétiser, réclamait ses secours (1); les prophètes ne descendaient de la montagne de Dieu qu'à l'aide de ses accents, et Saül l'invoquait pour calmer son délire (2). Des milliers de chantres célébraient les louanges du Seigneur, soutenus par les instruments que David avait préparés pour cet usage.

La musique religieuse tenait le premier rang dans l'éducation des Hébreux. De l'*Alleluia* chanté dans la synagogue au *Trisagion* entonné dans les catacombes de Rome, il n'y a qu'un point imperceptible, comme celui qui sépare le cantique de Marie, célébrant elle-même ses grandeurs, de l'*Angelus* annoncé trois fois le jour par l'airain béni suspendu au faîte de nos églises. Ne nous étonnons pas dès-lors que les premiers sanctuaires ouverts à la piété des fidèles aient retenti la nuit et le jour

(1) *Reg. XVI.*
(2) *IV Reg. III.15.*

chants du clergé et du peuple, et que
saint Jérôme, témoin d'un pareil enthousiasme, ait comparé le majestueux ensemble de toutes ces voix réunies dans un
même accord sous la voûte des temples
au tonnerre qui se prolonge sous la voût
des cieux (1).

Diodore, évêque de Tarse, et Flavier
d'Antioche, furent les premiers à divise
en deux chœurs toute l'assemblée sainte
L'Église de Constantinople suivit bientô
cet exemple, et l'occident ne tarda pas
l'imiter. Saint Augustin, témoin à Mila
de cette heureuse innovation, en parl
dans le 9ᵐᵉ livre de ses *Confessions*, e
termes que nous croyons devoir reproduir
dans leur entier. « Que de fois, le cœur vi-
» vement ému, j'ai pleuré au chant de vo
» hymnes et de vos cantiques, ô mon Dieu
» Oh! comme les douces voix de votr
» Église me causaient de vives émotions
» Quand toutes ces voix pénétraient mo
» oreille, votre vérité sainte touchait mo
» cœur, et votre amour l'embrasait; c'é-
» tait pour moi une source d'affectueus
» piété, de larmes et de bonheur. Il n'
» avait que peu de temps que votre églis
» de Milan avait adopté ces chants en deu
» chœurs, et cet usage est observé aujour-

(1) Ad similitudinem cœlestis tonitrui amen ro
boat. *Hier. præf. ad Galat.*

» d'hui dans toutes nos bergeries et partout
» l'univers (1). » Ce qui a fait dire à saint
Grégoire de Nazianze que rien ne ressemblait
mieux au chœur des anges que toutes ces
voix d'hommes et de femmes, tantôt unies,
tantôt alternatives, célébrant avec une
sainte émulation la gloire du Seigneur (2).

Le chant des louanges de Dieu entrait
tellement dans les habitudes de la vie, que,
jusques au milieu des plus pénibles labeurs,
les fidèles répétaient les divins cantiques
dont ils avaient fait retentir la voûte des
temples. « En quelque lieu que vous alliez,
» écrivait saint Jérôme à sainte Marcelle,
» vous entendez des voix qui bénissent le
» Seigneur. Le laboureur, en conduisant
» sa charrue, entonne de joyeux *Alleluia* :
» le moissonneur, en recueillant ses ger-
» bes sous les feux du soleil, se soutient
» par le chant des psaumes ; et celui qui
» cultive la vigne, en émondant et en re-
» dressant les tiges d'un arbuste insensible,

(1) Quantum flevi in hymnis et canticis tuis suave
sonantis ecclesiæ tuæ vocibus commotus acriter !
Voces illæ influebant auribus meis, et eliquabatur
veritas tua in cor meum ; .... et currebant lacrymæ
et benè mihi erat cum eis. *S. Aug., Confess. L. IX,
cap.* 6.

(2) Cernis angelicum chorum qui nunc simul nunc
vocibus alternis canit. Nocturnè cernis ut canat
laudes Deo naturæ uterque sexus oblitus suæ.
Gregorius apud Card. Bon. de div. ps. c. 1.

» redit au loin les phrases sublimes du
» roi-prophète (1). »

Plus tard nos plus grands rois, Charlemagne, Charles le Chauve, saint Louis, mirent,
aussi bien que l'humble habitant des campagnes, un saint orgueil à chanter les louanges de Dieu. Lisez les annales du temps, et
surtout les capitulaires de Charlemagne, et
vous verrez ce qu'entreprit ce grand prince
pour donner au chant religieux tout l'élan,
toute la perfection dont il est susceptible.
Avant lui, l'empereur Justinien avait in-
séré, dans le code célèbre qui porte son
nom, des règlements qui prouvent l'importance qu'il attachait à cette partie du culte
divin (2).

L'empressement général à célébrer le
nom du Seigneur, à prendre part aux cérémonies de l'Église, n'avait rien de singu-
lier dans ces siècles de foi. Peintres, sculp-
teurs, tous voulaient parler à Dieu; et
l'Église, qui dans tous les temps dirigea
les arts vers la source commune du bien,
pouvait-elle oublier le chant dont les ra-

(1) Quocumque te vertis, arator stivam tenens
alleluia decantat, sudans messor psalmis se cro-
cat, et curvâ attolens vitem falce viniter aliquid
Davidicum canit. Hæc sunt in provinciâ nostrâ
carmina. Hæc, ut vulgo dicitur, amatoriæ cantatio-
nes, hic pastorum sibilus, hæc arma culturæ.
(Hier., epist. 17 ad Marcell).

(2) Tit. de episc. et cler. Lib. 12, parag. X.

pides émotions atteignent jusqu'à cette ligne invisible dont parle l'Apôtre, et qui unit le corps à l'esprit?

Aussi, à côté de la maison de Dieu, à côté de la résidence des hommes vénérables appelés à l'honneur d'un service quotidien dans la science et la prière, elle plaçait toujours une maîtrise, où les connaissances musicales grandissaient sous la garde du recueillement et de l'étude. Gerson, le célèbre chancelier de l'Université, voulut se charger lui-même de la direction des jeunes élèves de la cathédrale de Paris. Dans un règlement écrit de sa main, il fixe l'heure, la forme de leurs études, et jusqu'aux aliments propres à conserver leurs voix. Et ne trouvons-nous pas, dans les annales de nos églises, le titre de grand-chantre inscrit le premier sur la liste des dignitaires de nos plus vieilles collégiales?

Le chant de l'Eglise ainsi compris, ainsi enseigné, revêtit chaque jour plus de grandeur, plus de dignité. Une nouvelle beauté était donnée à la psalmodie, qui n'en devint que plus populaire. Jours bénis, où ne retentissaient, au milieu de nos villes et de nos campagnes, que des chants de reconnaissance et d'amour! où tous les lieux éclairés par l'Evangile devenaient comme un vaste temple, dans lequel les hommes offraient à Dieu, avec l'effusion d'une âme attendrie, leurs vœux et leurs adorations !

En évoquant les souvenirs de notre enfance, il nous semble avoir aperçu comme un reflet consolateur de ces siècles de foi. L'Eglise sortait de ses longues épreuves ; la houlette pastorale était portée par de saints vieillards qui revenaient de leur exil volontaire, la tête ceinte de la couronne des confesseurs. Qu'ils nous parurent ravissants les accents d'un peuple qui retrouvait son temple, ses pontifes et ses prêtres ! Comme il fut beau, avec quel enthousiasme il fut chanté, ce premier *Te Deum* qui suivit l'ouverture solennelle de nos églises !

Nous n'avons, dans le cours de notre vie, rencontré qu'une seule circonstance qui nous rappelât les impressions de cet heureux jour : c'est lorsque, célébrant pontificalement les saints mystères, il y a quatorze ans, dans la cathédrale de Mayence, nous entendîmes cinq mille voix d'hommes et de femmes chantant avec nous le symbole de Nicée. L'orgue ne cherchait pas à dominer cette masse imposante de voix ; il semblait plutôt les accompagner, avec une respectueuse et éloquente timidité.

Hélas ! N. T.-C. F., pourquoi laissons-nous perdre de telles habitudes ! Je sais bien qu'on a eu le triste courage de dire que les fêtes religieuses n'étaient bonnes qu'à détourner le peuple de ses travaux. Le philosophe de Genève a répondu, avant moi, que c'était là une maxime fausse et barbare, et que, si on voulait rendre l'homme actif et laborieux, il fallait multiplier les cérémonies de l'Eglise, seules capables de lui faire aimer son état. Des jours ainsi perdus feront mieux valoir les autres. Tant pis, ajoutait-il, si le peuple n'a de temps que pour gagner son pain : il lui en faut encore pour le manger avec joie ; les fêtes religieuses lui procurent cette jouissance.

Je sais aussi que le respect humain et l'ignorance des choses de Dieu sont pour beaucoup dans cette apathie déplorable, dans cette absence de manifestation publique des pratiques de notre foi. Et ne trouvez pas mauvais, N. T.-C. F., si je vous conduis, pour votre instruction, à une école certes bien extraordinaire ; car ce sont de pauvres sauvages que je vais vous donner pour précepteurs et pour modèles.

Le pieux et savant écrivain à qui nous devons l'histoire de notre immortel prédécesseur raconte que Mgr de Cheverus, pendant l'une de ses courses apostoliques dans le Nouveau-Monde, pénétra dans l'épaisseur d'une immense forêt. Dans l'absence de tout chemin tracé, il fallut s'ouvrir un passage à travers des broussailles et des épines. Le saint missionnaire marchait depuis plusieurs jours, sous la conduite d'un guide expérimenté, lorsqu'un matin (c'était le dimanche), grand nombre de voix, chantant avec ensemble et harmonie, se font entendre dans le lointain. Mgr de Cheverus écoute, s'avance, et, à son grand étonnement, il discerne un chant qui lui est connu, la *Messe Royale* de Dumont, dont retentissaient nos églises de France à l'époque où il dut s'exiler de la terre natale.

Quelle aimable surprise, et que de douces émotions son cœur éprouva! Il trouvait à la fois dans cette scène l'attendrissant et le sublime; car quoi de plus attendrissant que de voir un peuple sauvage, qui est sans prêtre depuis cinquante ans, et qui n'en est pas moins fidèle à solenniser le jour du Seigneur? Quoi de plus sublime que ces chants sacrés, présidés par la piété seule, retentissant au loin dans une immense et majestueuse forêt, redits par tous les échos, en même temps qu'ils étaient portés au ciel par tous les cœurs (1)!

Je vous laisse maintenant juger, N. T.-C. F., des cruels mécomptes que le prélat dut éprouver en revoyant sa patrie. Hélas! s'il ne trouva plus nos églises déshéritées

(1) *Vie de Mgr le cardinal de Cheverus*, page 69; édit. in-8º de 1841.

de la pompe du culte catholique, n'est-il pas vrai qu'en parcourant vos villes et vos campagnes, il rencontra un peuple qui se faisait représenter, dans l'accomplissement du plus touchant des devoirs, par quelques enfants qui, eux aussi, après les jours de l'adolescence, abandonneraient, avec les chants de l'Église, toutes les habitudes de la foi ?

Ce fut sa douleur, et c'est encore la nôtre. Rendons à la religion son ancien empire sur les intelligences et sur les cœurs, et elle ramènera les goûts et les impressions qui l'accompagnaient autrefois. Les sentiments, quand ils sont vrais, trouvent d'eux-mêmes leur expression. C'est le cœur qui prie, c'est le cœur qui chante, a dit saint Augustin. On chantait, parce qu'on croyait, parce qu'on aimait (1).

Sans doute que, dans plusieurs de nos églises, les cérémonies se font avec pompe, le chœur est pourvu de quelques voix justes et sonores ; malgré tout cela, il y a un vide immense à combler. La réunion des fidèles dans le temple a pour but principal d'adresser en commun des prières et des louanges au Seigneur : l'accord des voix de tout âge, de tout sexe et de tout rang, confondues dans une sublime égalité, for-

(1) Cantare et psallere negotium esse solet amantium. *Saint Augustin, sermon* 33.

ment le complément majestueux de notre culte. C'est ce que le poète Venance célébrait au sixième siècle, lorsqu'il s'écriai dans son éloge de saint Germain :

Pontificis monitis clerus, plebs psallit e infans.

Mais, sans cette participation générale tout devient froid ; chaque personne paraî isolée dans la foule, la communion des fidèles ne semble plus exister. Les chants er usage depuis si longtemps dans l'Eglise on été créés pour être exécutés par les masses ils nous viennent du moyen âge et de tou: ces siècles franchement pieux ; ils son l'accent naturel de la croyance : et de même qu'il existe une architecture exclusivement chrétienne, de même il y a une musique exclusivement religieuse. C'es une musique à la portée de tous. Un chan auquel un ignorant, un vieillard, une femme, un enfant, ne sauraient prendre part, et que ne peuvent faire vibrer, dans nos temples, les mille voix de l'assemblée entière, ne saurait atteindre son but. Le chant de l'Eglise n'est majestueux, n'est efficace, qu'autant que des voix nombreuses s'unissent pour l'exécuter.

Il ressort de cet ensemble un effet sublime, comme le bruit de la mer qui gronde et du tonnerre qui éclate. Trouvez quelque chose de plus beau, de plus attendrissant

que toutes les voix des membres de l'Archi-
confrérie de Notre-Dame des Victoires, ou
des Associés à l'Œuvre de saint François
Xavier, remplissant, chaque soirée du dimanche, plusieurs des églises de la capitale.

Nous savons qu'on veut du progrès, de la
poésie partout; mais qu'on n'oublie pas que
ce qu'il y a d'essentiellement poétique dans
notre culte, c'est l'unité et l'invariabilité de
ses ornements, de sa langue, de sa musique. S'il faut au catholicisme nos grandes
basiliques aux vitraux sombres et aux murs
élevés, il lui faut aussi ses chants graves,
ses chants populaires, la voix de tous pour
les remplir.

La capitale vient de nous en fournir un
bel exemple dans les deux cérémonies qui
ont eu lieu, au mois de novembre, dans la
Sainte-Chapelle, où nos vieux chants d'é-
glise ont repris la place que nous n'aurions
jamais dû leur laisser perdre. Nous sommes
encore sous l'impression d'admiration et de
bonheur que produisirent sur nous ces stro-
phes composées dans le temps même où
s'élevait l'auguste sanctuaire que l'on ren-
dait si solennellement à la religion et aux
arts. Le *Regnantem sempiterna*, suivi du
Patrem parit filia, composé en 1219 par
Pierre de Corbeil, archevêque de Sens, ont
eu quelque chose de magique; on ne s'at-

tendait à rien de semblable. C'était bien, selon les paroles mêmes du texte, l'émotion d'une immense assemblée rendant des actions de grâces au Roi éternel, au Juge puissant et clément qui réjouit le ciel et fixe l'attention de la terre.

Puis vint l'*Hæc est clara dies* (1), chanté par la voix la plus souple, la plus sonore que nous eussions jamais entendue. Tout le reste fut exécuté avec ensemble, et avec un grand élan, par l'assemblée entière. Lorsque l'on arriva au neume, qui en est comme l'écho, un chœur d'enfants se détacha dans le lointain, et chacun semblait chercher si ces voix argentines ne sortaient pas, comme celles d'anges invisibles, de la voûte d'or et d'azur de la Sainte-Chapelle. Jamais, a dit un de nos plus célèbres archéologues, effet plus aérien n'a été produit (2).

Nous sommes, N. T. C. F., du petit nombre des diocèses de France qui ont conservé dans leur simplicité première les chants anciens de l'Église. Si fidèles que nous

(1) Hæc est clara dies, clararum clara dierum,
    Hæc est festa dies, festarum festa dierum,
    Nobile nobilium rutilans diadema dierum.

(2) M. Didron, secrétaire du Comité historique des Arts et Monuments, qui a écrit un admirable chapitre sur les fêtes de la Justice et de l'Industrie, à la Sainte-Chapelle.

ayons été sur ce point, nous avons toutefois subi la loi de l'indifférence, et notre prière, timide et isolée, n'arrive plus au ciel avec cet ensemble et cet enthousiasme qui animent encore les peuples franchement religieux. Dieu nous a faits ce que nous sommes, il nous a donné la parole et la voix ; et nous croirions nous abaisser et nous compromettre en célébrant ses grandeurs et sa bonté !

Reprenons les habitudes de la foi ; elles sont la part la plus précieuse de l'héritage de nos pères. Sachons être chrétiens, et nous saurons avouer tout haut des sentiments trop longtemps comprimés ; ils monteront plus sûrement à Dieu, portés par la majestueuse voix de la prière commune ; ils nous rendront dignes d'être associés un jour aux célestes intelligences (1).

Daigne le Seigneur donner force et vertu à notre parole, et réaliser pour chacun de vous la consolante promesse que saint Bernard exprime en ces termes : « Dans » les chants de l'Eglise, les âmes tristes » trouvent de la joie ; les tièdes, un com- » mencement de ferveur ; les pécheurs, un » attrait à la componction. Quelque durs

---

(1) Nos autem his generibus musicæ jugiter exerceamus... Donec mereamur divinæ musicæ consortes fieri, et ad consummatissimos cum sanctis angelis hymnos elevari. *De div. psalm.* Cap. XVI.

» que soient les cœurs de certains hommes,
» en entendant une telle psalmodie, ils res-
» sentent toujours au moins quelques mou-
» vements d'amour pour les choses de Dieu;
» il en est même à qui la mélodie des louan-
» ges divines a fait verser des larmes de re-
» pentir et de conversion ; leur chant alter-
» natif est l'image d'un concert sans fin, au
» milieu des joies d'une éternelle félicité(1).»

A CES CAUSES, et après en avoir con-
féré avec nos vénérables frères les chanoi-
nes et chapitre de notre église primatiale ,

Nous avons ordonné et ordonnons ce
qui suit :

Art. 1er — MM. les Supérieurs de nos
grand et petit séminaires, et tous les chefs
de nos établissements ecclésiastiques, con-
tinueront à regarder l'étude du chant
comme un des objets les plus dignes de
leur active et persévérante sollicitude. (2).

(1) Cantus in Ecclesiâ mentes hominum lætificat,
fastidiosos oblectat, pigros sollicitat, peccatores
ad lamenta invitat. Nonnunquâm, quamvis dura
sint corda secularium hominum, statim ut dulcedi-
nem psalmorum audierint, ad amorem pietatis con-
vertuntur. Sunt multi qui suavitate psalmorum
compuncti, peccata sua lugent. S. Bernard, op.
t. II, p. 867.

(2) Nous lisons dans la vie de M. Ollier, t. II,

ART. 2. — MM. les Curés ou MM. les Vicaires, dans les soirées d'hiver, et MM. les Instituteurs, dans leurs écoles, sont instamment priés de donner des leçons de plain-chant aux jeunes gens de nos paroisses (1). Il n'est pas de localité, si circonscrite qu'on la suppose, si étrangers aux connaissances humaines qu'en soient les habitants, où l'on ne puisse trouver des enfants, des adolescents, des hommes en assez grand nombre pour chanter les louanges de Dieu.

ART. 3. — Nous désirons vivement la réalisation d'un vœu plusieurs fois exprimé par MM. les Curés de la ville de Bordeaux, de la formation d'une école normale de chant. Toutes les paroisses pourraient y trouver les ressources dont la plupart sont malheureusement privées.

ART. 4. — Nous recommandons de ne

page 263, que l'étude des cérémonies et du chant ecclésiastique formait une partie essentielle de l'instruction qu'on recevait alors dans les séminaires, et l'usage était d'avoir un maître de chant, qui venait tous les jours y donner plusieurs leçons.

(1) Placuit ut omnes presbyteri qui sunt in Ecclesiâ constituti, secundùm consuetudinem quam per totam Italiam satis salubriter teneri cognovimus, juniores lectores quomodo boni patres spiritualiter nuntiantes psalmos parare, divinis lectionibus insistere contendant. (*Concil. de Veson.*, 529.)

rien changer aux airs de nos vieilles hymnes. Le *Vexilla regis*, *Audi benigne conditor*, *Stabat Mater*, *Dies iræ*, *Te Deum*, *Lauda Sion*, restent encore le type le plus pur de ce genre religieux et naïf, quelquefois si éloquent et si sublime.

ART. 5. — Nous engageons MM. les Curés à faire chanter alternativement les hommes et les femmes pour l'office des vêpres. Nous avons admiré le bon effet produit par cette mesure, dans un grand nombre de paroisses où nous l'avons fait adopter dans le cours de nos visites pastorales.

ART. 6. — Nous n'autorisons de messes à grand orchestre que rarement et à la condition expresse que la musique aura toute la gravité et la piété qui doivent accompagner un chant religieux, et que l'action du prêtre n'en sera point retardée à l'autel. Cette observation regarde aussi MM. les organistes, qui empruntent quelquefois à la musique profane des souvenirs dont l'esprit des assistants est révolté, et dont les longueurs peuvent éloigner des offices un certain nombre de fidèles. Nous prévenons que le *Credo*, conformément à l'esprit de l'Église, doit toujours être chanté non alternativement avec l'orgue, mais par l'assistance tout entière.

Art. 7. — Pour le carême, les raisons de dispense étant les mêmes que les années précédentes, nous accordons la permission des aliments gras, le dimanche à tous les repas, et à un seul, les lundi, mardi et jeudi, jusqu'au jeudi de la semaine de la Passion inclusivement.

Art. 8. — Nous permettons l'usage du lait, du beurre et du fromage, pendant tout le carême, et celui des œufs jusqu'au mardi-saint inclusivement, l'usage de la graisse le mercredi, et l'usage du lait et du beurre à la collation pour tous les jeûnes de l'année. Nous étendons la dispense du maigre aux trois jours des Rogations.

Art. 9. — Tous les fidèles qui profiteront des dispenses accordées, devront faire une offrande, à titre d'aumône, en faveur de nos séminaires; on pourra la remettre à MM. les Curés, à la sacristie ou au presbytère. Cette aumône est de stricte obligation, et doit être en rapport avec les facultés de chacun.

Art. 10. — Une quête aura lieu pour le même objet à toutes les messes et aux vêpres, dans toutes les églises paroissiales, annexes et chapelles de communautés, le dimanche des Rameaux; elle devra être

annoncée au prône le dimanche précédent ;
MM. les Curés et MM. les Aumôniers sont
priés de la faire eux-mêmes. Les produits
devront en être envoyés, avant la Pente-
côte, au secrétariat. On ne pourrait, sans
injustice, donner une autre destination à
cette aumône, qui est pour nos séminaires
d'une indispensable nécessité. Toute de-
mande à ce sujet serait sans résultat.

Art. 11. — Nous autorisons, pendant le
Carême, la bénédiction avec le saint ci-
boire, après la prière et l'instruction ac-
coutumées, et engageons MM. les Curés à
se prêter mutuellement le secours de leur
ministère pour la prédication et l'examen
des enfants qui se préparent à la première
communion ou à la confirmation. Nous accordons quarante jours d'indulgence aux
fidèles, chaque fois qu'ils assisteront à la
prière du soir et à l'instruction, pendant
le Carême, et qui, dans les autres jours
de l'année, pratiqueront l'exercice de la
prière en commun dans les familles. MM.
les Curés pourront engager leurs parois-
siens à lire, dans le calendrier de 1850,
les réflexions qu'il contient sur cet impor-
tant sujet.

Art. 12. — Le temps pascal commencera
le quatrième dimanche de Carême et fi-

nira le dimanche du Bon-Pasteur. Nous visiterons, avant Pâques, une partie du canton de La Réole et du canton de Podensac, et, de Pâques à la Fête-Dieu, les cantons de Belin, de Fronsac et de Coutras. Nous prêcherons à Langon une retraite préparatoire au devoir pascal; elle sera suivie de la confirmation pour toutes les paroisses les plus rapprochées. Nous confirmerons, à sept heures, dans notre église métropolitaine, le lundi, 8 juillet, les fidèles des paroisses de Saint-André, Saint-Louis, Saint-Seurin, Saint-Martial et Saint-Bruno.

Le 9, les paroisses de Saint-Michel, Sainte-Croix, Saint-Nicolas, Saint-Eloi et Sainte-Marie de La Bastide.

Le 10, Notre-Dame, Saint-Paul, Saint-Pierre, Sainte-Eulalie et Saint-Amand.

Nota. — La Retraite pastorale s'ouvrira le 31 juillet. Aucun prêtre ne doit s'absenter du diocèse pour cette époque. MM. les Curés de canton voudront bien nous adresser, immédiatement après la distribution solennelle des saintes huiles, qui est d'obligation dans tout le diocèse, le nom des ecclésiastiques qui devront y assister. Nous espérons pouvoir faire l'ouverture du concile de la province, le dimanche, 14 juillet, fête de saint Bonaventure, époque de la sortie des élèves de notre grand séminaire.

ART. 13. — Et sera, notre présent Mandement, lu en entier, dans toutes les églises et chapelles de notre diocèse, le dimanche de la Quinquagésime, et affiché partout où besoin sera.

Donné à Bordeaux, dans notre palais archiépiscopal, sous notre seing, le sceau de nos armes, et le contre-seing du Secrétaire général de notre Archevêché, le 25 janvier 1850.

† FERDINAND,
Archevêque de Bordeaux.

Par Mandement de Monseigneur:

MONTARIOL,
Chanoine Secrétaire général.

Nota. — Nous recommandons d'une manière spéciale la lecture des ouvrages suivants:

La *Pratique du plain-chant*, de M. Feltz, organiste à Langres ; la *Revue de la musique religieuse*, de M. Danjou ; le *Mémoire* de M. Régnier, de Nancy ; le *Rapport* de M. Félix Clément ; l'*Instruction pastorale* de Monseigneur de Langres ; l'*Essai sur le chant ecclésiastique* de M. l'abbé Jouve, chanoine de Valence. Le petit ouvrage de M. l'abbé Durassié sur les psaumes amènera de l'uniformité et de l'ensemble pour le chant des vêpres.

Nous conseillons aux ecclésiastiques qui pourront se les procurer, et surtout à MM. les maîtres de chant de nos séminaires, la lecture approfondie des œuvres de Dom Jumilhac et des abbés Jaussens, Lebeuf, Nivers, Poisson et Antony.

On trouve dans leurs livres, et surtout dans celui de Dom Jumilhac tout ce qui regarde la théorie et la pratique du chant religieux. Jumilhac nous a donné de plus une analyse des livres de S. Augustin, Boèce, Cassiodore, le vénérable Bède, Guy d'Arezzo, S. Isidore, Jean des Murs, Franchin, Glaréau et Zarlin. Si cet auteur, écho modeste de tout ce qu'il a entendu, ne semble jamais penser par lui-même, quelle philosophie, quelle exactitude didactique, quel charme littéraire ne trouve-t-on pas dans le grand nombre de textes originaux qu'il a su rassembler!

FIN.

BORDEAUX. IMPRIMERIE D'ÉMILE CRUGY,
Rue et hôtel Saint-Siméon, 15.

SE VEND :

Chez les Sœurs de St-Projet, rue Ste-Jemme
  —   de Ste-Eulalie ;
  —   de St-Louis, rue Pomme-d'Or
  —   du Sablonat ;
  —   de Ste-Croix ;
Chez les libraires de la ville ;
Chez les sacristains dans les paroisses.

Au profit de la Maison des Orphelins.

www.ingramcontent.com/pod-product-compliance
Lightning Source LLC
Chambersburg PA
CBHW061615180626
46818CB00005B/2094